林富士馬の文学

志村有弘

林富士馬（1992年１月11日）

鼎書房

目次

林富士馬の文学

序章

つくし路の春は早かりき
東京はいまだ肌寒かりしに
麦の穂先鋭く　菜の花は黄に
はや　さくら花も咲きたり
その花の下に見出だしぬ
「郷土諫早が生める詩人　伊東静雄碑」と。
げにも
さまざまなこと思ひ出す桜哉　はせを
戦後　遂に逢い得ざりし人に
語りたきことも多かりしかど
いまは鬢髪白き旅人の一人として
共に老いたる妻の手をとり
去り難く　うた人の前に佇むなり

右の詩は、林富士馬の「伊東静雄詩碑を尋ぬ」と題するものである。昭和三十九年、林は妻貞子と共に伊東静雄の詩碑を訪れている。右の詩をその時の記念に「自分のために書いた」(『苛烈な夢―伊東静雄の詩の世界と生涯―』社会思想社、昭和四十七年)という。見事な詩である。詩人の優しさ、なつかしさが実に美しい旋律を奏でている。

詩人林富士馬は、大正三年七月十五日、東京・大曲に生まれた。父芳三(医師)は、長崎県西彼杵郡雪浦村に生まれ、母タダは、長崎県大串村に生まれた。そのためか、林は自分の著書の紹介欄等に「長崎生まれ」と書くことが多い。『文藝年鑑』には「長崎生」とあり、「東京新聞」連載の「川柳漫歩」(昭和五十八年一月二十日の項)では「あげかゝる凧に我が子がじゃまに成り」の句にちなんで「私の故郷の長崎ではハタと言い、大人が夢中になった」と、明白に「故郷の長崎」と書いている。

林富士馬と九州の結びつきは深い。両親が長崎生まれであり、妻貞子の父柴田六次が佐賀出身であり、父芳三は福岡県の久留米で医者をしていた。富士馬も小学校三年まで久留米にいて、夏休みには、きまって父母の生地長崎を訪れていた。富士馬が幼いとき、不幸な事件が起こった。大正十一年八月八日、妹の郁子(五歳)が結核で他界した。それをきっかけに、父芳三は上京する。関東大震災の直後であった。子供の思い出が残る地に住むことができなかったものであろう。

林富士馬と私の出会いは、『鴛鴦行』(皆美社、昭和四十六年)を購入したときであった。『鴛鴦行』は、上田秋成・凡兆などの江戸期の文人、林が親しく交わった佐藤春夫・伊東静雄・三島由紀夫の思い出や文学を綴った諸文、及び小説三篇（「一通の手紙」・「グトネ」・「アンドレ―探検隊」）を収録している。無論、林富士馬の名前は知っていた。三島由紀夫が年少の頃から林の家へ出入りしていたことも知っていた。『鴛鴦行』は、A五判の大きさで、背表紙は皮、特殊な造りの箱には真っ赤な紙が貼ってあった。その本を手にしたとき、身体の中を一種言いようのない戦慄が走ったのを記憶している。恐ろしく何かを訴えているような本であった。それは、関川左木夫の言葉を借りれば「華麗を極めた装幀」（『本の美しさを求めて』昭和出版、昭和五十四年）であった。

『鴛鴦行』を購入したのち、前述のように、『文藝年鑑』で林が「長崎生」であることを知った。私はその頃、芥川龍之介を軸に、周辺の作家たちの調査をしていた。とはいっても、その頃、書いた原稿の大半はどこかの雑誌に発表するあてもなかった。芥川周辺の作家たち――そのいく人かの文人のうち、永見徳太郎・渡辺庫輔・蒲原春夫・明石敏夫が長崎県人であった。そうしたことから、私は、西日本圏の作家にしだいに関心を持って行き、林富士馬の「長崎生」には多大な関心を持った。

それから十年近い歳月が流れた。榊山潤を中心として榊の会というのがあった。私は榊山の歴史小説やその人柄が好きで、榊山が池袋に住んでいた頃から、時折遊びに出かけ、京浜線の富岡に引っ越してからも訪ねて行った。晩年の榊山から、年に一度開かれる榊の会に出るようにと誘われたりもしたが、弟子でもない私は出席したい気持ちを抱きながら遠慮していた。榊山の死後、私は、榊の会へ出るようになった。そこには、伊藤桂一・尾崎秀樹・大森光章・駒田信二らと共に、林富士馬もいた。

第一詩文集『誕生日』

林富士馬は、福岡県の竹野尋常小学校から東京の時習館尋常高等小学校へ転校した。そこから東京市立第一中学（現、九段高校）に入り、昭和七年、慶応義塾大学文学部予科に入学する。入学はしたものの、当時、文学志望であった林は、初めから卒業する気はなかった。慶大在学中から佐藤春夫に師事した。佐藤に師事したのは、改造社の円本『佐藤春夫集』を読み、感動したことによる。佐藤の門を叩いたのは、佐藤が関口町に家を造った頃である。佐藤春夫の門下生は、俗に三千人というが、そこには中谷孝雄・太宰治・檀一雄らが出入りしていた。

林は、太宰と親しく交流を持つようになった。太宰との交流が深まるにつれ、太宰の生きざまをつぶさに見、一度は文学をあきらめたつもりで、昭和十三年四月、日本医科大学へ入った。このあたりことは、小論「喝采」（解釈と鑑賞、平成十三年四月）で述べたことがあるが、林は太宰から、「文学に友情はないのだ」と言われたこともあった。

冒頭に記した伊東静雄とは、昭和十四年頃に知り合い、さかんに文通をした。伊東との交流は、林の著『苛烈な夢―伊東静雄の詩の世界と生涯―』（富士正晴と共著、社会思想社、昭和四十七年）、および、『詩人と風景』（東京書籍株式会社、昭和五十二年）・「詩人の散文」（ユリイカ、昭和四十六年十月）などに詳しい。林が伊東に親近感を抱いたのは、『わが人に与ふる哀歌』の著者ということだけでなく、長崎県諫早出身の伊東を通して父祖の地長崎に思いを馳せていたのではあるまいか。

昭和十四年六月、林は、二十五歳の誕生日を記念して第一詩集『誕生日』（私家版）を上梓した。佐藤春夫は、『誕生日』に「序に代ふる文」と題し（冒頭に「その処女詩集誕生日に題して少年の友林富士馬君に与ふ」とある）、

詩人の道は生涯の道であり、荊棘の道である所以のものは君ももう十分に知つてゐる通りである。君が自分の門に来て君の志を述べた時、自分は君の再考を促したのはつい昨（ママ）のやうに思ふがもう八年になるとか。その間につくづくと君を観るに君も亦、気の毒にも生れながらの詩人である。――異常性格者である。その志の奪ふべからざるを知つて、自分は君の両親とともに君の為すがままに、さうして成るがままに放任して置くより外がないのを覚えた。幸に君は良家に生れてしかも理解と慈愛とに富んだ両親を持つた。自分が不安の間にも聊かは安んじて君を放任したのも亦君の両親の徳に君とともに仕へようという意であつた。しかし、時とともに君の作に稍見るべきものが多くなつた。昨年の暮秋あたりに提示した一束の稿のうちの或るものの如きは自分をして好しと言はせるに足るものがあつた。その言葉に力を得たものであつたかどうか、君は今度誕生日を上梓するといふ。二十五歳のその日を記念するのであらう。（下略）

と記している。文中の「君を観るに君も亦、気の毒にも生れながらの詩人である」というところに注目したい。林は、「誕生日自序」で、

わが師と友とに読んで貰ひたいと思つて、この薄い、木の葉のやうな、書物を編んだ。出来るだけ素直に暮したい。

美しい師と懐かしい友とを抱いて、大変幸福な日がある。しかし又、声の限り呼んでみても、その師も友も、私を振り向いてくれない悲しい日もある。みんな暮してゐるのだ。いそがしいのである。その時私はみじめに不幸である。が仕方ないことではないか。かくして私には精一杯なものに違ひない私の世界に籠つた。私は一人で対話しながら、よい日を待つた。私は、詩人ではないであらう。しかもなほうたにすがつてゐたい、かなしい、くるしい時がくる。

毎日毎日、誕生して行かなければならぬといふことは、何と苦しいことだらう。私は、なか〳〵苦しかつた。それだけは、一人云ひ切れる。耐へて来たのだ。そして、今日こそは、何とか誕生しなほしてやらうと思つた。（下略）

と、その当時の感懐を綴っている。若々しい青春の苦悩と詩人の繊細さが行文・行間ににじみ出ているのを感じる。『誕生日』は、詩人林富士馬の出発点を示すものとして貴重であるが、刊

行の理由が「わが師と友に読んで貰ひたいと思つて」というところは看過できない。あくまで純粋なのである。自分の書いてきた詩を師友に読んでもらいたい、ただそれだけの気持ちであった。『誕生日』は、冒頭に「長崎」と題する散文詩を置いている。

長崎

僕—早岐駅で長崎行きの列車を待ちながら、スウツ・ケースを膝にして葉書を書いた。朝、葉書には羽根がある。夜には魚の匂ひがする。はじめての旅、そして僕の流浪がはじまつた。葉書のなかにだけ記録された生涯。はじめてのたばこに、十八歳が震へながら燐寸をすつた。たつたひとり構内に起きてゐて、おんなじところを、行つたり、来たりしてゐる不眠症の大きな掛時計。思ひ切つた欠伸で三時を知らせる。下駄の歯音が暗い街にひびき渡り、やがて汐の臭ひが朝風をはこんでくる。

（中略）

日本の聖母まりあ像—目を閉ぢるとわたしはすつかりあなたになつてしまふ。わたしはながさきにゐる。あなたは、いま、だれに抱かれて、どこにゐるか。

（中略）

浦上天主堂—隅に紅金巾の帷の垂れた懺悔椅子がある。アナトオル・フランス氏が熱心に

「西方の人」を読んでゐる。庭には白い百日紅の花盛り。八幡の溶鑛爐よりまつ赤にただれた夕焼け。

まりあ観音—それはアプトン・シンクレアの書いた「人類の生んだ最初の革命家の姿」ではない。芥川氏を動かしたクリストの一生は「天上から地上へ登るために、無残にも折れた梯子である。」（宮本顕治）

「長崎」は、「僕」「旅」「長崎」「大浦天主堂」「日本の聖母まりあ像」「又」「図書館」「浜町」「丸山花街」「福済寺」「浦上天主堂」「まりあ観音」「三菱造船所」「活動写真」「夜」「叔父さん」「崇福寺」「石橋」「洋館」「長崎スティション」「茂木枇杷」「諏訪神社」「船」から成り立っている。詩人にとって印象深く、なつかしい長崎の町・寺社・人物……等々を散文詩の形で綴って行ったものだが、どことなく芥川龍之介の「野人生計事」・「続野人生計事」を連想させる。芥川も、「続野人生計事」で「長崎」と「東京田端」を散文詩とも思える文章で歌いあげている。芥川といえば、右に引いた「長崎」の項で、「日本に生れた……云々」は、芥川の「西方の人」の「1 この人を見よ」の一節を引いたものである。林が「西方の人」を意識しているのは、「浦上天主堂」に書名が記されていることからも明白であろう。また、「崇福寺」の項に、

牙彫の基督、陶器の麻利耶観音、長崎畫の仏蘭西人。あるじせきりしと、びんぜるまりあ、

あんじょ、はらいそいんへるの。司馬江漢の蘭人。古伊万里の茶碗に動こうとしない甲比丹。

と記されている文には、あるいは、芥川の「長崎小品」(サンデー毎日、大正十一年六月)が投影しているのかも知れない。

林富士馬は、二十一歳のとき、長崎におよそ一年間滞在した。そこで芥川の弟子で郷土史家となった渡辺庫輔と知り合い、長崎学の大家古賀十二郎や蒲原春夫(渡辺と同じく芥川の弟子で、のちに「長崎文学」主宰)とも交流を持つようになった。芥川・渡辺・蒲原・古賀、そして林富士馬と並べてみると、長崎を軸として一本の線で結ばれている感がある。ともあれ、林は、記念すべき第一詩集の巻頭に、散文詩「長崎」を配置した。それは、青春の地長崎に対する林の熾烈な思いを示している。

『誕生日』には、長崎を舞台とした、あるいは長崎で書いた作品がいくつか収録されている。「父母への手紙」は、昭和十一年、長崎で書いた散文詩であり、また「花瓶」も同じく同年四月、長崎で作った詩である。

花　瓶

こゝは肥前長崎。

俺はへこたれてこゝにゐる。
けふよ、唐人街の骨董店の並びから
いそ〳〵花瓶を抱きしめて帰つて来る。
愛しい花瓶。
酒をやめようと思はぬでもないが、
皿や壺や陶土をいぢくる侘しさを心に覚へた。
みろ、なけなしの御鳥目をなげた。
俺は、何故、交番の角から坂を
丸山に登つて行つて、せめて人肌の
あたゝかさに觸れようとはしないのか。

（中略）

下宿の部屋には
六十銭、七十銭の
七つ八つの皿や壺がころがつてゐる。
暗い電燈をひとつひとつ映して
まるで架空劇場。
今夜は大枚の空瓶を買ひ来りて

花挿すすべを知らざれど
かくも、感傷的に心楽しく躍つてゐる。
長崎の春の灯は
寝床のなか
稲佐沖の靄に濡れて
俺の胸に焼きついた。
人と人との交渉は
などかく悲しくわずらはしきや。
俺はいま肥前長崎、
故郷ならぬ市街にうらぶれへこたれ、
かく拙き詩など作りては
花瓶にわが吐息を托す。
新しき出発はたゞたゞ
くるしさのさなかより始まるべし。
わがかなしき喚きよ
わが新しき雄叫びよ、
いとせめてわが皿と壺とに聞かんとすれど

未だ花瓶に花挿すすべを知らず
……………………………

傷心、痛みと表現したらよいのであろうか、長崎での詩人の心情がよく表わされている。『誕生日』末尾に収録されている小説「桔梗花」には、次のような描写がある。

ことしはとりわけ懐かしく感じられるこの長崎の街にやつと着くことが出来ました。かうやつて、障子を締め切つて部屋に居りながら、あゝここは長崎の町なのだ、といふことが、はつきり判るこの気持は何故なのでせうか、長崎は日本からも遠く、支那からも遠く、切支丹の本国からも遠い處であることを。私はそんな言葉を、縺れ合ふ鐘の余韻と一緒に、思ひ出して居ります。往来のざわめきにさへ、なにか長崎の匂を感じてゐます。

芥川・長崎との関連であろうか、『誕生日』にはキリスト教の投影が色濃い。冒頭に置かれた「長崎」は、切支丹の地長崎を詠んだものだから、そこに当然キリスト教の投影が見られるのであるが、「父母への手紙」も初めに、

その父母兄弟姉妹また己の生命をも憎む者に非ざれば我が弟子と為すことを得ず。（路加伝）

とあり、「こひを唄ふ」では、

地上のことはすべてはかなし
きみ身をこがしてわれを愛せば
なれはわれをみることキリストの如くなるべし
わがきみに愛せしは地上の妻ならじ
わが求めしはなが心のマリア

と綴っている。林の場合、父母の生地が長崎であり、自分も長崎に遊び、キリスト教には幼い頃から接していたことであろう。それが、このようなキリスト教を根底とする作品の形成へと発展して行ったものと想像される。

『誕生日』には、芥川龍之介の他に、佐藤春夫・葛西善蔵・千家元麿・北川冬彦・夏目漱石・北村透谷・泉鏡花・森鷗外らの名前が見える。

詩　論

あたらしきしらべかなづる

笛つくるざえは無くとも
けふの日よ、千家元麿の翼借り
あすの日よ、北川冬彦が衣裳借り
わずかに溢る、愁を托す。

題名通り、林の「詩論」である。「笛つくるざえ」とは、詩を作る才能をいう。「わずかに溢る、愁を托す」というところに、詩にすがって生きている詩人の姿を見ることができる。林は、「本の手帖」昭和四十三年四月号に掲載した「『殉情詩集』と『我が一九二二年』について」(『鴛鴦行』所収)で、

換骨奪胎の才能は、海波を問わず、あらゆる古来の詩人の資格ではなかったのか。ゲーテを思い出し、芭蕉を思い出す。文学上の創造ということを、早口に云つて、私は換骨奪胎の才能だと理解したい。一触即発の天才、機鋒の鋭さというものを、私は、そういう風に理解している。

島崎藤村をはじめ、佐藤春夫より、もっと私達の時代に近い中原中也にしても、伊東静雄に対しても、彼らの抒情詩に、規模と個性は違うが、俗な言葉で云えば、その「換骨奪胎振り」を見、私はそこに文学を味う。伊東静雄の処女詩集『わが人に與ふる哀歌』の出現時、

「贋金造り」と批評した詩人がいたが、佐藤春夫も亦、一種の贋造文学の、詩人と云えなくもない、「模造真珠」のような見せかけが、決して、模造のものでないところに、思いもかけぬ近代を味う。

と述べていることと同種のことである。林富士馬の文学論として注目しておきたい。佐藤春夫は、前述のように、林を「生れながらの詩人」と称した。『誕生日』自序を見ても分かるように、まさに林は天性の詩人である。人となりそのものが詩人であった。『誕生日』収録の「名にあらで」は、

かれはむなしきうたびと
はかなく生きて死にしかば
あとに残るは名にあらで
あなたに送つたふみのみなりしとぞ

という四行詩である。「かれ」が、林自身であると考えると、自らを「むなしきうたびと」という。そして、小説「桔梗花」には、文学に対する感懐を次のように記している。（それは、おおよそ『誕生日』頃の林の心情と考えてよいであろう）

私は一篇の私自身の小説を持ちたいものだと、長い間、願つた。さうしたら、とにかく私だつて、自分だけには納得の行く、ひとかどの小説家になりうるのではないかと考へてゐた。私はそんなに、小説家といふものにあこがれてゐた。小説家といふものを、この世に於ける全能の人だと考へ、さればこそ、その神になりたいと思つたのだ。その願ひが、どんなに莫迦々々しい、かなしいことであつたか、といふことは、いま云はぬであらう。私は、そのあこがれのために、わたくしの一生を目茶苦茶にして了つたと考へてゐる。だいたい、私は小説など書く、がらではなかつた。柄で以て、小説を書くべきものか、どうか私は知らない。けれども、私が小説を綴らねばならぬ、といふことは、貧しく、かなしいことである。そのことだけは疑ひもない。しかもいまや、どんなことがあつても、一篇の物語を纏め上げなければならぬ。私は死にたくないのだ。そして、いまや、文学といふものに、今度は、すがつて、何とか助けて貰はなければならぬ。

無論、作中の「私」を、作者その人であると決めつけるのは危険であろう。だが、ここは、林の小説家への願望を素直に吐露したものと考えてよいと思う。この後には、「小説を書くといふことは、本当に苦しく、悲しいことだ」という文章もある。しかし、そうは言っても、「いまや、文学といふものに、今度は、すがつて、何とか」生きて行かねばならないのである。この「桔梗花」は、昭和十四年三月に脱稿した作品で、『誕生日』を刊行する三カ月前に書かれていた。その意味でも、『誕生日』刊行当時の、林富士馬の心情をうかがうに足る資料と思われる。

林は、昭和五十六年四月二十一日附の志村宛書簡で「文学だけが好きで、生きていた」と書いてきた。林は、二十六歳の青春時、文学に「すがつて」生きようと願った。そして、「文学だけが好きで、生きていた」と述懐した。これは、文学にとりつかれて生きてきた人間の、重みのある、悲しいまでに見事な言葉である。

林の作品の特徴の一つとして、主観的な言葉の頻用を上げることができる。前出引用文にも、「苦しく、悲しい」とあるように、「悲し」・「美し」・「さびし」・「苦し」の語が目立つ。他、「哀れ」・「なげき」の語も注目される。

「湖畔哀性」は、冒頭に、

白根山、雲の海原夕焼けて
妻し思へば、胸痛むなり　　葛西善蔵

と記し、次の短歌を綴っている。

はじめての出鱈目和歌を綴りゆくも美しくせつなく
遠く白根の雪と我が秋苺のため

はつ秋のひとりの旅のこの歌を哀れと念ふひとはいづくに
酸く渋くわが秋苺はこゝにみのりて甘いいろよき苺のありか知られず

あき苺の赤くつぶらも櫨の葉末に紅葉燃ゆるもみなかなしかりけり
秋たちて秋ぐみ熟れぬ白根山酸く渋き種は今わが舌にあり

岩笹の縁も黄ばみぬ、秋苺も赤く実のりぬ白根山、おせいもかなしかるべし、わが一人の旅も悲しかりけり、うた作るほど。(以下略)

右の歌にも、「美し」・「哀れ」・「かなし」の語が使用されている。右記したところでも、「かなし」(悲し)の語が、三箇使用されている。文学作品の価値を判断する一つとして、その作家が主観的な言葉をいかに巧みに使用しているかを見る方法がある。近代作家では、吉田絃二郎や川端康成が主観的な語句を多く使用した。林富士馬もまた巧みである。

『誕生日』は、清冽なリリシズムをたたえた詩集である。韻文と散文との相違があるとはいえ、中谷孝雄の「春の絵巻」、原田種夫の「つくし野抄」、福田清人の「若草」、島尾敏雄の「春の日のかげり」、檀一雄の「花筐」、真鍋呉夫の「沫雪」などの小説を連想させる作品である。若々しい青春の感傷を感じないでもないが、全体をおおう美しい抒情性は絶品である。

ところで、『誕生日』には、いくつかの「長崎詩篇」と称するものがある。そのことと関連して、昭和五十六年五月二十一日、林は私の小著『芥川龍之介周辺の作家』の読後評をかねて、

昭和七年頃、家を出、長崎でぶらぶらし、ほとんど毎日与茂平さんと会っていましたので、なつかしい限りでした。永見徳太郎さんは取扱うひとがいても、与茂平さんが、こんな風にして、私の前に現われてくるとは、全く夢のような気が致しました。本屋をしていた蒲原さんと、その本屋も知っています。あの頃（自分自身の）のことが頻りになつかしく思われました。過去にほとんど興味も思い出したこともない筈なのに、貴下のあの文章――特に芥川の庫輔宛ての手紙など、なつかしい限りでした。（そしてまた、珍しく、自分の「誕生日」だけが、我が過去の、いくらかなつかしいものになっています）（下略）

という書簡を送ってくれた。私の『芥川龍之介周辺の作家』は、芥川を軸として、藤澤清造・水守亀之助・佐佐木茂索ら十八人の作家との文壇交遊やその文学を調査したものであったが、その第三部が「芥川龍之介と長崎人」で、そこで芥川と親交があった永見徳太郎・明石敏夫、弟子の渡辺庫輔・蒲原春夫のことも書いていた。右の書簡中の「与茂平」とは渡辺庫輔のことであり、蒲原春夫が古本屋をしていたのは長崎市馬町である。そのような注釈よりも、『誕生日』だけが「なつかしいもの」ということに注目したい。『誕生日』は、詩人林富士馬の出発点であると同時

に、林には忘れ難い父母の故郷であり、なにものにもかえ難い青春の地長崎を母胎とする詩集であった。

「まほろば」と『受胎告示』

『誕生日』を上梓した翌十五年二月、柴田六次（佐賀出身）の長女貞子と結婚した。十二月には長男も誕生する。この十五年あたりから、林の作品が諸雑誌に発表され出す。昭和十五年九月、詩「一齣」を「コギト」に発表し、翌十六年六月、詩「絃なき琴にしくものは」を「四季」に発表する。

絃なき琴にしくものは

僕は、小さな、得難い仲間を持つ。そしてそこで詩を書く。それから、このやうにして、はじめての、二度目の、詩一篇の注文を頂く。この素直な喜びと、非常に複雑な儚なさと。

けさ、夜明け方の夢のなかに、せつなく
どうして金星はあんなにも炫いたのか？
そして、この日の暮れ、窓に

三日月はまた作つたやうに
鮮やかに懸つた。
嘗つて、ひとの知らざると
誰れが嘆いた？
こゝに駄馬
哀しく愛せられ
たゞ鐘子期のため
伯牙は美しく絃を絶つ。あゝ、いのちや
絃なき琴にしくものは？

詩語を選び抜いた、そして華やかな、象徴詩風の作品である。「四季」には、翌十七年五月、山岸外史の『人間芭蕉記』についての感懐も書いている。これは、『人間芭蕉記』の書評・紹介というより、山岸との交流を交えながら、山岸を、また、自分の現在の心境、状況を綴ったものである。

林は、昭和十七年頃から本格的に文学活動を開始した。同人誌「天性」に続いて「まほろば」を刊行する。「まほろば」には、五月「物語序」、七月「三文オペラ」、十月「絵葉書」・「鼓笛を打ちたゝけ！」、十二月「詩集受胎告示」などの心に残る佳篇を次々と発表する。

三文オペラ

目茶苦茶のほんもの贋物ダイヤモンドの投売だ
盗人市の見切品！

道化師

我々はまどゐのなかで歌ふ
破戸漢も小悪魔もよつといで
疵つかざるこゝろありや
わたしはあの純潔なひとを
逃がしはしない？

興業師

舞台に出ると云ふ寸前
恥づかしがつて呼ぶ物の
あの娘が逃げ出した
あどけない呂律《リトム》をつかまえろ！

貴婦人

まあこれがわたしの舞台
ずいぶん陰気だわね　くらいわ
碌に書物もないのね
岩波文庫ばつかり
障子はどうしてこんなに破けてゐるの
煙草の滓みたいなものばつかりで
だいたい十九世紀ぢやないの　これでは
あなたはいつも
うそばつかり考へて
それを本気で信じて了ふのね
わたし、来なきやよかつた
いゝいゝ
げんめつだわ
あら、そんなことしないでよ

「三文オペラ」は、後の詩集『化粧と衣裳』（崩木、昭和三十三年）の世界と相通じる、一種の艶笑詩である。どことなく、太宰治の作品に似たものを感じないでもない。林は、この詩を発表した同誌上の「六号欄」で、前掲山岸外史著『人間芭蕉記』にふれて、

雑誌「四季」の五月号に山岸さんの著作「人間芭蕉記」の新刊評判記（？）みたいなものを書いた。活字になっていまさらに自分がなんにも眺め得る眼玉を持つてゐないことを反省しないわけには行かなかつた。文学に志を抱く、などと自惚れてゐながらどこにもそんな美しく、凛々たる精神がみられないので、かなしかつた。悪い意味での素人であり、彌次馬である。最も軽蔑してゐた、そこいらにゐる文学挺身自称隊と少しも変らぬので、失望した。

と述べている。これは林の自戒である。しかし、そこに我々は、一人の詩人がこの地上に確かに存在するのを知る。

「絵葉書」は、書簡体の小品である。内容は長崎旅行となっていて、

……炭坑で有名な松島と向ひ合つて、美しい入江のやうな瀬戸をこしらへてゐる瀬戸町から、小一里引返して雪の浦といふところに来てゐます。父の生れたところなのです。（中略）僕のゐるこゝ、雪の浦は全村五百戸、その本宿とか言つて二百戸ばかりが中心の衆落をなして、あとは分散してゐるのですが、この二百戸ばかりから博士が七八名、知事がひとり、

出稼の多い県下でも抜群の村なのださうであります。そんなところです。僕の父など他郷であくせくしなければならぬ他の連中の仲間に入るのでしやう。（中略）沖の方から眺めて、岩の間に、小さくまとまつた奇麗な、こしらへたやうな白浜が眺められます。そして、そこに、絵葉書風に松の木が這つてゐて、そこが如何にも名前らしい雪の浦村。船がよれないので瀬戸の岸壁から小一里引返して来るのです。父の生れたところとて、小さいときから何度か僕も来たことがあります。神近市子の子供と遊んだことなどあります。この前はもう六年前、徴兵検査に帰つて来たとき、長崎に引つかゝつて半とし以上、素人下宿で暮したことがありましたが、出来たならば、そのときの生活などたゞその通り書き綴つて、二十代の小さなひとつの記念にしてみやうなどとも思ひ立ち、ひとつはそれで、出掛けてみましたが、少しも落ち着きません。（下略）

と綴っている。若々しい林の魂の躍動、そして華やぎすら感じる一文であり、また、これは林の長崎案内でもある。

林は、「まほろば」発刊の途次、昭和十七年の八月号の「文藝文化」に、「青い眼」と題する詩一篇を発表する。

青い眼

「文藝文化」の一冊を伊東静雄、田中克己両氏に捧げるのだから、僕にもなにか書けと有り難く仰有つて下すつた。たゞねをあげよとなり。最敬慕するこの詩人のおよろこびの御席に連なるめでたさよ、今日は自分の声の黄色く息切れて体をなさぬのを気にしないのである。

どんなに叩きつぶし、粉々にくだかれても、魂のやうに最後まで、ぎよろりと輝いてゐる、優しい眼といつたものを僕は詩人に教つて来たのである。眼鏡を書けた詩人は偽物に違ひない。

阮籍は世俗の礼法にかゝはらなかつた
たゞ手に白眼と青眼とを使ひ分けた
誰が白眼を受けてゐたのだらう?
野史の伝ふるところによると
稽康といふ無作法なをとこが
酒壺とあんまり上手でない詩稿と
抱え込んで訪ねてやつて来たときに

うれしいはなしではないか
ただにこ〳〵と青い眼玉だつたといふ

この詩は、たとえば阮籍を伊東静雄、稽康を林自身と置き換えることも可能であろう。おそらく、林はそのようなつもりで書いたものと思われる。「うれしいはなしではないか」というところに、林の心情がよく表わされている。

昭和十八年一月、林は、第二詩集『受胎告示』を大日本百科全書刊行会から上梓した。山岸外史の序、大谷正雄の跋を置き、二十三篇の詩を収録している。扉に「われら得難くしていま得たる師と友とに献ず」と記しているのは、第一詩集と同様である。

一　齣

をんな

ゆめにもつかれました
いまさらなにが未練なのでござゐましやう

聖母さま
　私のこの汚れた声と
　顔の赧らむ　あののぞみを
そつくり　おあずけして
なんにももう考へたうござゐませんでした
どうぞ御命令だけをお聞かせ下さい
かうして私は
あのひとに抱かれました

巻頭の詩である。後の詩集『化粧と衣裳』にも通ずる詩であるが、女心を通して人間の業、暗い淵を見る思いがする。さて、第一詩集『誕生日』には、青春の地長崎が大きく投影していた。『受胎告示』にも、同じく長崎の影響を認めることができる。

　精霊ながし
いまこの選ばれたる夜に
燈籠は　うすき紙に　まもられ

冷たくも　水の上に浮ぶ
たゞ　没し去らんためにのみ
かくはよろこびに　灯　点り
丹精に　身飾られ
千百の　漂ふなかに　いま　ひとつ
私の手から遠のく
　わがうた
　　このま水にとけて行く
つかの間をこそ

この「精霊ながし」は、無論、長崎に取材したものであろう。林の芥川龍之介や伊東静雄への思い、そして父母の故郷。それらは全て長崎の地とつながっている。林は、昭和五十六年から五十八年まで、「東京新聞」に「川柳漫歩」を連載した。そこには、時折、長崎のことが思い出したように記される。五十六年十一月二十七日には、「長崎で駿河路を先づ徐福聞」の句を取り上げ、「徐福が始皇帝の命令で童男女数千人と乗船し、江戸時代唯一の開港地である長崎に着くのも庶民的だが、さて、仙薬のある蓬萊の山は富士山とばかりに駿河路を聞くのである」と記し、五十七年二月二十日には河野政和の句について「氏の故郷長崎では、呑歩《どんぽ》は雑魚のことだともあ

林富士馬（東池袋の自宅・1983年）

る」と記している。また、五十八年一月二十日には「あげかゝる凧に我が子がじゃまに成り」の句について、「私の故郷の長崎ではハタと言い、大人が夢中になった」と述べる。「私の故郷の長崎」という表現に注目したい。林は、常に長崎の地になつかしいまなざしを向けていた。

長崎は、奇妙な土地である。古来、長崎を訪れた文人は多い。斎藤茂吉・永井荷風・竹久夢二・菊池寛・長與善郎……等々。そして、芥川龍之介は、大正八年に菊池寛とともに長崎に旅し、大正十一年にはおよそ一カ月間も滞在している。竹久夢二が「長崎十二景」と「女十題」を永見徳太郎に贈ったのは有名であり、芥川は、長崎を母胎に「長崎小品」・「黒衣聖母」・「おぎん」など一連の南蛮・切支丹物を書いていた。

林とも親しく交流した島尾敏雄は、長崎高商から九州大学へと進んだが、その文学には長崎への

諫早の伊東静雄墓所を訪ねたとき（1983年7月）

思いが色濃くこめられている。島尾が、長崎生まれの混血児作家・大泉黒石への強い関心を抱いていたのも、長崎が無関係ではあるまい。林富士馬の文学もまたそうである。林の文学を論じるとき、長崎の存在を切り離して考えることはできない。前掲「精霊ながし」は、もちろん、長崎を詠んだものだ。全篇にただようリリシズムと儚なさは、言い表わしようのない美しさを持っている。

『誕生日』の中には、主観的な語が多く使用されており、前述の如く、林は、その主観的な語を巧みに使う詩人であった。『受胎告示』でも、「美し」が四度、「やさし」が三度使用されており、他に「あはれ」・「哀し」の語も見える。山岸外史は、『受胎告示』に序を寄せて、

この詩集は、林富士馬の第二詩集である。第一詩集「誕生日」の後、約四歳ほどの仕事

を纏めた優《やさ》しい心ゆくばかりの詩集である。

なによりも肌軟《はだや》はな、愛すべき肉体の抒情に満ちてゐることがこの詩集の生命《いのち》と価値であつて、もしその肌軟《はだや》はな、この詩集の生活が解《わか》らぬ人であつたならば、この一冊は読まぬ方がいいと思ふ。

と述べ、言葉をついで、林の「生活の優しさと才能」・「優しい感受性」を強調し、詩集の「優しい抒情ともの軟らかな人生観」を指摘した。山岸がくり返し述べる「優しさ」は、林の人間像や文学世界の何たるかをいみじくも指摘した言葉である。

大谷正雄は、本詩集の跋文で、

……さて、〈誕生日〉が、その天稟を示すものとすれば、〈天性〉は詩の本質を暗示したものであり、〈まほろば〉はやはり技巧と云ふことになるやうである。そして、それらは一つ、一つ、重要な林君の三点、或ひは三期間だと思ふ。〈誕生日〉は林君の天分のひらめきに依つて書かれた詩であつた。〈天性〉の中での林君は苦しいほどのうたひ方で、その中では自信に就いて（云ひ方がまづいが）と云ふことが一番身に迫つてゐたやうであつた。詩の本質をうたふための最も切なるものが、自信の問題であつたからであらう。そして、今はその自信を得た。彼は〈まほろば〉刊行を決心出来たのである。

この〈受胎告示〉は恐らく、近いうちに想い出の詩集になるであらう。なぜなら、彼は今、〈まほろば〉的詩人迄飛躍出来たから、〈受胎告示〉、それはすべて今後の発展に依つてあきらかにされるであらう。僕はいゝ意味にも、亦悪い意味にも、この詩集〈受胎告示〉に愛情を持つことが出来ると同時に、受胎された何ものかをも興味をもつてみつめねばならぬと思つてゐる。

と記している。これは、『誕生日』→「天性」→「まほろば」→『受胎告示』という、林の個人的詩史の展開を端的に示している。それは、詩人としての林の巣立ちを見事にとらえていたと言い得よう。

林は、「まほろば」昭和十七年十二月号で、「詩集受胎告示」と題し、

僕のこの書物も、まほろば叢書のなかの一冊故発行所は大百科全書刊行会であります。詩集といふものは、自分のこころをそつと差し上げるといつた体裁もたのしいものだと考へ、僕の仕事なんかそんな小さなつながりのほかまだ世の中に問ふなどといつたところまでは行つてゐないわけでありますが、併しかうやつて売り出す以上矢張売れてくれると有り難い。空想も湧くし、空想を実現して行くためにも刺激になるわけであります。

と述べ、『受胎告示』の「詩集の後に」において、「自分の生涯のひとつの大切なかたみとしてゐたい」と記し、また、「聽て僕は立派にひとり立ち出来るやうになり、羽搏いてたのしい世の中に出て行くだらう。作品をして作品として投げ出せるやうになり、僕は、僕の詩集をはじめて世の中に問ふ覚悟も出来て来ると考へてゐる。僕はいま寧ろのんきにそれをゆめみてゐる」とも記している。とはいえ、「のんきに」と言いながらも、そこには詩人として羽ばたこうとしている強い決意のほどがうかがえる。

『受胎告示』は、青年の意気と倦怠を感じ、筆舌に尽し難い虚無感が悲しい。そして、全編を流れるリリシズム。林にとって『受胎告示』には、自分の詩史の上で、大きな意義を持つ。『誕生日』が詩人としての出発点を示すものであるならば、『受胎告示』には、林富士馬の詩人としての強い自覚のほどが明白にうかがえるのである。

自負

最大のものによつて覆ひつくされず最小のもののうちにも宿るもの。（ヒューベリオン、巻頭の箴言）

文学の志してゐるところのものが何であるか、歴史の伝統として、なにが護まれ《(ママ)》、うけつがれて来たか。その大いなる悲願に就て、いまの世となつても知るひとにのみしか知り得ることは出来ないやうである。教養などのために文学があつてたまるか。

絶へず人々のこゝろの底を洗つて、その清冽なる流れは、いまもせゝらいでゐる。いや、いまはその潺湲たる水高を高めんとしつつある。

誰れが最も勇敢な、そして正統なるその聖火の擔ひ手であり得たか。誰れ達によつて、その光栄ある役目は身を以て受け継がれ、果されて来たのか。君主か、民族か、階級か、選ばれし賢人か。いま迄の歴史といふが、それは誰にも明らかなやうには證されては来てゐないのである。そこにも矢張、信仰と、血なまぐさい戦場を必要とするであらう。又現に、その戦ひはなされつゝある。それは斎藤茂吉の腕のなかに掻い込まれてゐるのか、はた貧しく、この講堂の石炭の少ないストーブにかぢりついてゐるこの私の眸を濡らして流れてゐるか。

誰れが、裁き得やうぞ。


右の詩は、『受胎告示』の巻末に配置されている。題は「自負」である。詩人は、文学の意義とは何かを自分なりに考え出している。「教養などのために文学があつてたまるか」と言う。詩人は、言わば自己の生命をかけたものとでも言いたいのであろう。まさに、文学とは、「大いなる悲劇」なのである。末尾の「誰れが裁き得やうぞ」という一文には、詩人の何ものも侵し得ぬ、強い「自負」が露呈されている。

富士正晴は、「文藝文化」昭和十八年八月・十一月、昭和十九年一月・二月の各号に「林富士馬

の詩」を連載した。それは、『誕生日』と『受胎告示』に収録されている詩を丹念に批評した、合計二十二頁にわたる〈林富士馬論〉である。富士は、詩「自負」について、

……最後に「自負」を置いたところにこの詩集を編みつつあつたこころが秘められてゐるのであらう。「自負」は詩といふよりは議論めいた一つの覚悟表白であらう。むきだしの批評言立言である。林富士馬の立場とするところのものはここに明白であつて今更の贅言も要しない。ただ大胆不屈の新年のごときものをよみとれば足りるだらう。林富士馬の自負は文学の志してゐるところを発端として言ひはじめるところにあらう。大いなる悲劇、また正統なる聖火、光栄ある役目、そして信仰と血なまぐさい戦場とを言ひ及ぶあたりにその傾きが思想としてどこをさしてゐるかを語つてゐるかにおぼえる。

と論じている。鋭い指摘である。まさに、「自負」は「一つの覚悟表白」であり、「むきだしの批評言立言」である。そこには、文学人として生きて行こうとする厳しい姿勢がうかがえる。第一詩集『誕生日』は、「生れ変つて」やろう、「過去を、いまこそ素直に受取つてやらうと決心」して編まれたものである。林が詩集を編むときは、内から燃え上がってくる、強い心の動きがあるときである。『受胎告示』の「詩集の後に」では、「臟腑をさらけ出すやうな恥づかしい事であつても、僕は努めて、狡猾にではなく、凛乎として、自分の可能性を尽して生きて行きたい」・

「日に日に新にして、又日に新なりといふことがある。僕は素直に又こゝから新しく出発して行く」と、きっぱりと、その決意のほどを吐露している。

前掲の如く、『誕生日』も『受胎告示』も、「師と友」とに読んでもらおうとして編まれたものであった。そのような姿は、いかにも詩人林富士馬に似つかわしく、なつかしい思いがする。しかし、次の詩は、林の詩を検討する意味で、種々の問題を含んでいるようである。

うたびと

昔　詩人は酒と女のために
その歌曲を残して死んだそうだ
そして　いま近代のうた人達は
貞淑な妻と　子供のために
纐綵の詩作を織りなしたさうな

この『受胎告示』収録「うたびと」は、印象的な詩である。この「うたびと」とは、富士正晴の述べるように、私も「自分のことをうたつてゐるのやら、人のことやらは知らぬ」けれども、美しい詩語と旋律の中に、詩人の鋭い諷刺がおり込められている。一方、表現もまことに巧みで

林富士馬
（中谷孝雄の会・於飯能やまなか・1992年６月18日）

ある。このような、いわば巧緻な詩は、『誕生日』の世界とは異質なものである。『誕生日』も『受胎告示』も、編纂の動機は類似するものであったにせよ、『誕生日』から『受胎告示』へという詩の推移は、詩人の「優しさ」は変わりがないのだが、明らかに林の詩的世界の変化を示している。『誕生日』時代の感傷が沈潜し、優婉さ、あるいは幽艶さを加えているのである。『誕生日』から『受胎告示』へという推移は、単に時間上の推移だけでなく、感覚の世界から知覚の世界へという作風の変化をも認めることができる。言うならば、より巧緻な作風へと進んで行ったわけだが、根底にある変わらぬものは、詩人の優しさ、悲しさである。この「優しさ」・「悲しさ」が、詩人林富士馬文学の永遠に変わらぬ美しさを形成しているのである。

林は、こののち、『化粧と衣裳』（萠木、昭和三十三年）・『夕映え』（私家版、昭和四十年）・『十薬』（皆美社、平成三年）という詩集を上梓する。第二詩集『受胎告示』の発行は、昭和十八年一月のことである。この昭和十八年は、翌十九年にかけて、林が、「文藝文化」に作品を盛んに発表したときだ。「文藝文化」時代のこと、同人雑誌「天性」・「曼荼羅」・「光耀」・「新現實」・「プシケ」・「ポリタイア」に於ける林富士馬の文学活動……等々、論じなければならないことは、限りなく多い。近年は、詩のみならず、俳諧や川柳の世界にも関心を示していた。しかし、林の場合、なによりも、佐藤春夫・伊東静雄・中谷孝雄・保田與重郎・太宰治・檀一雄・富士正晴・山岸外史・榊山潤・江口榛一・野村愛正・三島由紀夫・麻生良方らとの文壇交友が、まことに興味深いものがある。林富士馬の文学上の閲歴を調査することは、一つ一つがそのまま昭和文壇史を点検して行くことでもある。

林富士馬は感性豊かな詩人であった。鋭く適切な批評眼を持った文芸評論家であった。詩・評論を問わず、常に自己を作品の軸に置き、全精神力を傾注してロマンの香り高い文学作品を造り上げてきた。それは、人に送る書簡の一言一句にも魂をこめて書いていたように思う。前掲の「文学だけが好きで生きていた」という手紙は、自分の過去半生を振り返り、偽りのない述懐であったろう。また、あるときは、この手紙を午前二時に書いていると断って、川端康成のとある作品を読み、感きわまった様子で「まことに切ない」と書いてきたこともあった。

林について、三島由紀夫が『私の遍歴時代』の中で、多分「文藝文化」を通じて、はじめて得た外部の文学的友人は、詩人の林富士馬氏であった。林氏によって、そう言ってはわるいが、私ははじめて、真の文学青年というものの典型を知ったのである。氏はもちろん個性的な詩人で、あたかもゴーティエの回想録中の人物のような浪曼派であったが、文学および文壇というものが、これほど夢の糧になるものかを、私ははじめて知った。

と述べたのは有名である。三島が言うように、林は、文学が「夢の糧」であることを、誰よりも悲しいまでに知っていた。林は、〈文学少年〉の気概を終生持ち続けた詩人であった。同人雑誌をこよなく愛し、そこが文学の原点であると考えていた。林は「まほろば」・「曼荼羅」・「光耀」・「プシケ」・「新現實」などの同人雑誌を通して、自己の文学を主張し続けてきた。こうした諸雑誌じたいも、今日では昭和文学の足跡を伝える貴重な文献となっているのも事実である。まさに林富士馬は昭和文学を語る一人の生き証人であった。

林富士馬文学略年譜

大正三年七月十五日、東京・大曲（文京区水道一丁目）に生まれる。父芳三（医師・長崎県西彼杵郡雪浦村生まれ）、母タダ（長崎県大串村生まれ）。竹野尋常小学校・時習尋常高等小学校（四年時転校）・東京市立第一中学（現、九段高校）・慶応義塾大学文学部に学び、日本医科大学卒業。慶応義塾大学在学中から佐藤春夫に師事。

昭和十四年頃、伊東静雄と知り合う。

六月、第一詩文集『誕生日』（私家版）刊。

昭和十五年二月、柴田六次（佐賀出身）の長女貞子と結婚。

三月、青山の旅宿で栗山理一同道の伊東静雄と初めて会う。

六月十三日、「天性」創刊。

八月、「コギト」の田中克己から詩の依頼。

九月、詩「一齣」（コギト）発表。

昭和十六年六月、詩「絃なき琴にしくものは」（四季）。

昭和十七年五月、「物語序」（まほろば）・「『人間芭蕉記』」（四季）。

八月、詩「青い眼」（文藝文化）。

十月、「絵葉書」（まほろば）・「鼓笛を打ちたゝけ」（まほろば）。

十二月、「詩集　受胎告示」（まほろば）。

昭和十八年一月、第二詩集『受胎告示』（大日本百科全書刊行会）刊。

二月、「詩一篇」（文藝文化）。

三月、伊東静雄・貴志武彦・春日豊和・斎藤達雄・庄野潤三と共に、貴志の故郷古座へ旅行。

六月、「わがなげき歌」（文藝文化）。

九月、「長い序みたやうな文章と竝びに詩のやうな断片」（文藝文化）。

昭和十九年三月、「ひと筋の道―保田與重郎小論」（文藝文化）。

七月、詩集『千歳の杖』（まほろば発行所）刊。

八月、詩「終焉」（文藝文化）。

九月、詩「鄭板橋が易水歌―入谷劉一留別」（文藝文化）。

十月、同人雑誌「曼荼羅」刊・「首途」・「余白追記」（曼荼羅）。

昭和二十年一月、詩「俳諧歌」（文藝文化）。

六月、「我らの希ひは磯の白浪より更に繰り返し織る」（MANDARA）。

昭和二十一年五月、同人雑誌「光耀」創刊（同人は庄野潤三・大垣国司・三島由紀夫・島尾敏雄・林富士馬）・「季節外れの時論―文学時評―」（光耀）。

十月、詩「扮装」（光耀）・「編輯私記」（光耀）。

昭和二十二年八月、「艶笑詩集『化粧と衣装』自叙」（光耀）。

昭和二十三年十月、「流星群」（新現實）。

昭和二十四年一月、「艶笑歌四篇」（新現實）・「後記」（新現實）。
三月、「一通の手紙」（新現實）・「編集後記」（新現實）。
六月、「「新現實」のこと」（新現實）。
七月、「編輯後記」（新現實）。
九月、「後記」（新現實）。
十月、「「新現實」雑記」（新現實）・「詩三篇」（新現實）。
昭和二十七年七月、詩「水死人」（プシケ）・「編輯後記」（プシケ）。
十一月、「植民地風景」（プシケ）・「編輯後記」（プシケ）。
十二月、「年末年始」（プシケ）。
昭和二十八年二月、「自分の頁」・「編輯後記」（プシケ）。
四月、詩「春浅く」（プシケ）・「余白に」（プシケ）・「編輯後記」（プシケ）。
六月、「雑記」（プシケ）・「編輯後記」（プシケ）。
七月、「思ひ出」（祖国）。
八月、詩「即興」（プシケ）・「雑記」（プシケ）。
十二月、「柳井道弘君の詩集」（プシケ）。
昭和二十九年三月、「同人雑誌（1）」（プシケ）。
四月、「雑記」（プシケ）。

昭和三十年一月、「虹の鎖」（プシケ、藤沼逸志の名前で）。
三月、「虹の鎖」（プシケ・藤沼逸志のペンネームで）・「編集後記」（プシケ）。
五月、「グトネ」（三田文学、藤沼逸志のペンネーム）。
六月、「虹の鎖—僕の同人雑誌—（3）」（プシケ）・「編集後記」（プシケ）。
昭和三十三年五月、詩集『化粧と衣装』（萠木）刊。
昭和三十六年三月、「檀一雄集」（文學者）。
四月、「華奢な人—横光利一の印象—」（文學者）。
五月、「政治家の文章〈武田泰淳の世界〉」（円卓）。
七月、「歴史文学私考」（円卓）。
十月、「島尾敏雄作品集その他」（円卓）。
十二月、「庄野潤三『浮き燈台』その他」（円卓）。
昭和三十七年一月、「年頭歳晩—駒田信二氏に—」（円卓）。
五月、「かの旅」（新現實）。
昭和三十八年五月、「「傍観機関」論争」（文學界）。
昭和三十九年九月、「春日、路傍の情」（『新日本文学全集』月報）。
昭和四十年二月、詩集『夕映え』（私家版）刊。
六月、『英雄の診断』（尾崎秀樹と共著。人物往来社）刊。

八月、書評・福岡徹著「未来喪失」（新しい医院）。

十二月十三日、「島尾敏雄「日のちぢまり」・森川達也「島尾敏雄論」」（週刊読書人）。

昭和四十一年四月、「円卓賞感想」（円卓）。

六月、「挿話」（花影）。

九月、「死生を越えた祖国愛―カロッサ「指導と信従」―」（日本教育新聞）。

十月、「不易流行の説」（文學界）。

十一月、「指導と信従」（日本浪曼派研究1）。

十二月、「ある思い出」（南北）。

昭和四十二年二月、「「文藝文化」の思い出」（バルカノン）。

四月、「梅崎春生のこと」（『梅崎春生全集』月報）。

五月、詩「早春」（医科芸術）。

八月十三日、「野党のエネルギー―同人雑誌の現状と使命―」（讀賣新聞朝刊）。

昭和四十三年一月一日、「同人雑誌の現状」（日本教育新聞）。

四月、「『殉情詩集』と『我が一九二二年』について」（本の手帖）・「伊東静雄」（ポリタイア）。

十一月、「保田與重郎著作集」（図書新聞、十六日）。

昭和四十四年二月三日、「文壇外の文学」（讀賣新聞）。

六月、『佐藤春夫詩集』（旺文社文庫）解説。

九月、夏目漱石『三四郎・坑夫』解説（全国選書）。

昭和四十五年一月、「卓上演説」（文藝首都・終刊記念号）。

二月、『芥川龍之介「羅生門、鼻、芋粥」他十三篇』解説（全国選書）。

六月、「文学時評風に」（ポリタイア）。

昭和四十六年一月「花ざかりの森」（新潮）。

一月二十三日、「上方の文壇気質」（讀賣新聞）。

二月、「死首の咲顔」（諸君）・「血かたびら」（文學界）。

六月二日、「檀一雄著『来る日　去る日』」（讀賣新聞）。

七月、『鴛鴦行』（皆美社）刊。

八月、「同人雑誌交友録」（噂、四十七年五月まで連載）。

九月、「萩原朔太郎文学紀行」・「中原中也文学紀行」・「伊東静雄文学紀行」・「立原道造文学紀行」（学習研究社『現代日本の文学』17）。

十月、「詩人の散文」（ユリイカ）。

十二月、富士正晴編『伊東静雄研究』（思潮社）に「思ひ出」「かの旅」「伊東静雄詩碑を尋ぬ」「伊東静雄」が収録。

昭和四十七年四月、『苛烈な夢―伊東静雄の詩の世界と生涯』（富士正晴と共著、社会思想社）刊・「卓上演説」（知己）。

六月、鬼頭恭而著『累代』（金剛出版）帯（推薦文）。

昭和四十八年四月、「文芸時評　秋鶏は飛ばずに全路を歩く」（浪曼）。

五月、林富士馬編『伊東静雄詩集』（旺文社文庫）刊・「文芸時評　無明の光」（浪曼）。

七月、「文芸時評　精神の王国」（浪曼）。

八月、「鷹の足、その他」（浪曼）・鼎談「詩神の使徒―伊東静雄―」（浪曼、田中克己・西垣脩と）。

九月、「政治、非政治」（浪曼）。

十月、「既存者」（浪曼）。

昭和五十年一月、「批評家」（文學界）。

二月、檀一雄著『リツ子・その愛』（旺文社文庫）解説。

三月、檀一雄著『リツ子・その死』（旺文社文庫）解説。

五月、「春日忌、並びに『能火野人十七音詩抄』」（杏花村）。

六月、渡辺淳一『病める岸』（講談社文庫）解説。

八月、「太宰治の生涯と文学」（『現代日本の名作』31『太宰治』2、旺文社）。秋、「秋海棠」（能古島通信）。

十一月、対談「事実と小説」（秦恒平と。新刊ニュース）。

昭和五十一年一月、「天馬翔け去る」（東京新聞）。

二月、城山三郎著『望郷のとき』（角川文庫）解説・「秋海棠」（『中谷孝雄全集』月報）。

三月、「檀一雄追悼」（文學界）・「短篇小説集『花筐』」（新潮）。

七月、「檀家の鈔畚（Ｓａｌｏｎ）」（ポリタイア）。

昭和五十二年十月、『詩人と風景』（東京書籍株式会社）刊。

昭和五十三年六月、『空花　俳諧俳論集』（東京義仲寺連句会）。

八月、渡辺淳一著『雪舞』（文春文庫）解説。

十一月、「稲妻と鬼灯」（公園）。

昭和五十四年七月、「佐藤春夫」（浪曼派）。

昭和五十五年五月、「五味康祐君の死」（波）。

昭和五十六年「川柳漫歩」（東京新聞）を五十八年まで連載。

四月、「幸田露伴「手函の絵」」（ＺＥＮＯＮ）。

六月、「書簡」（樹林）。

八月、佐藤春夫著『美の世界・愛の世界』（旺文社文庫）解説。

九月、「二十四行、胡蝶俳諧」（樹林）。

十二月、「清らかな詩人―保田與重郎を哭す」（文學界）・「梅崎宛書簡」（ももんが）・「万燈の灯―保田与重郎を哭す」（新潮）。

昭和五十七年一月、「懸蓬萊」（樹林）・「木丹木母集」（ＺＥＮＯＮ）。

二月、「百点句会」（銀座百店）。

四月、「木丹木母集」（浪曼派）。

十一月、「胡蝶俳諧」（樹林）・「編集後記」（樹林）。

昭和五十八年四月、「二十四行、胡蝶俳諧」（樹林）。

八月、「ひとつの小さな歴史」（新現實）。

九月、「俳諧の後に―『我が身うららの巻』―」（樹林）・「忘れめや榊原温泉の一夜」（芸術三重）。

昭和五十九年四月、「春のいそぎ」（文學界）・「俳諧の後に」（樹林）。

五月、「ふりゆくものは」（ゼノン）。

七月、「朝鮮すゝき」（行々子）。

十月、「幸田露伴の新体詩」（春秋）・「俳諧の後に」（樹林）。

十一月、吉村昭著『光る壁画』（新潮文庫）解説。

昭和六十年四月、「蛇骨という俳句号」（俳句）。

十月、「俳諧の後に」（樹林）。

昭和六十一年三月、「能火野人、十七音詩抄」（狩）。

四月、「俳諧の後に」（樹林）。

十一月、「手紙」（しゅばる）。

十二月、「梅崎光生宛書簡」（ももんが）。

昭和六十二年一月、「俳諧の後に」（樹林）。

六月、中国古典兵法書『六韜』（教育社）刊。（『孫子』を中谷孝雄、『呉子』を尾崎秀樹、

『三略』を真鍋呉夫が執筆）。

九月、「釈迢空「妣が国べゆ」」（歌壇）・「行々子通信」（行々子）。

十二月、「偲草」（『保田與重郎全集』月報）。

昭和六十三年二月、かたりべ叢書20『偲ぶ草』（宮本企画）刊。

六月、「行々子通信」（行々子）。

夏、「君えの手紙」（行々子通信）。

八月、「門弟三千人の一人として」（焔）。

平成　元　年　春、「同人冊子について」（行々子）。

六月、少年少女こころの伝記『牧野富太郎』（新学社）。

十二月、「第一回（昭和五十七年七月）「行々子」回顧」（行々子通信）。

平成　三　年七月、詩集『十薬』（皆美社）。

九月、「火祭の如く、瀧しぶきの如く」（『檀一雄全集』第一巻）・「虚空象嵌（檀一雄）」

（鈴）・「思い出一つ—平成元年九月八日、第十回「榊の会」—（榊の会編『回想・榊山

潤』)。


平成　四　年二月、少年少女こころの伝記『探検家コロンブス』(新学社)。

十月、「佐藤春夫『西班牙犬の家』」(正論)。

八月、「さまざまな芭蕉像」(鈴)。


平成　五　年四月、「落日を拾ひに行かむ海の果て」(俳句四季)。

五月、私家版『林富士馬全集』。

七月、「懐かしい詩人たち(一)伊東静雄」(季刊イロニア)。

十月、「懐かしい詩人たち(二)増田晃」(季刊イロニア)。

十月、「文学のふるさと」(増進会出版社刊『若山牧水全集』月報)。


平成　六　年一月、「懐かしい詩人たち(三)田中克己」(季刊イロニア)。

四月、「懐かしい詩人たち(四)佐藤春夫」(季刊イロニア)。

七月、「懐かしい詩人たち(五)夏目漱石」(季刊イロニア)。

十月、「懐かしい詩人たち(六)山之口貘」(季刊イロニア)。


平成　七　年一月、「懐かしい詩人たち(七)萩原朔太郎」(季刊イロニア)。

四月、『林富士馬評論文学全集』(勉誠出版)刊。

五月、駒田信二追悼半歌仙で「旅立ちぬ「遊行柳」を後にして」の句を詠む(鈴)。

十二月、「悼　中谷孝雄先生」(鈴)・「中谷孝雄先生追悼胡蝶」で「白菊の馨れる牆にさそはれて」の句を詠む（鈴）。

平成　九　年七月、「蟷螂の斧」（登起志久創刊号）。

十一月、座談会「「文芸日本」を語る」（鈴）。

平成　十　年一月、座談会「「新現実」の初期を語る」（新現実）・「不思議に海は躊躇うて」（登起志久第二号）。

三月、座談会「「文芸日本」を語る（後）」（鈴）。

平成十三年九月四日、急性肺炎のために死去。享年八十七。

九月九日、東京池袋の祥雲寺で葬儀が行われる。法名、耀文院富岳独歩居士。

十一月、「しゅばる」で「林富士馬先生追悼号」刊。

平成十四年一月、「新現実」で「林富士馬追悼号」を特集。

あとがきに代えて

手元に林富士馬氏の署名本が何冊かある。

第一詩集『誕生日』（私家版、昭和十四年）には「長崎にありしは五十年以前いま碧眼の老いし甲比丹の如き想いなり」と書かれている。第二詩集『千歳の杖』（まほろば発行所、昭和十九年）には「花深処無行跡」と書き、詩集『化粧と衣裳』（萠木、昭和三十三年）には「月かげ」と題して「こよひはわれはねむられず　月清しとて　わが胸にきみ來まし　いつまでも遊びたまへば　林富士馬」と書いている。詩集『夕映え』（私家版、昭和四十年）には「昭和四十年、五十歳を記念しての詩集なり。戦後二十年、我が最も気負ひし時は去り、「前朝の遺民」の哀しみと志を、僅かに支えんとせしもの也　畑うちや法三章の札の下　蕪村」と記している。評論・回想・小説集『鴛鴦行』（皆美社、昭和四十六年）には「よきひとの袂に消ゆるほたるかな　空花」と記し、また、『空花　俳諧俳論集行行子』（東京義仲寺連句会、昭和五十三年）には『千歳の杖』と同じく「花深処無行跡」と記している。

こうした氏の筆の跡を見ると、そのおりおりの氏の表情を思い出すことができ、それが無性に懐かしく悲しい。署名本とはいえ、『誕生日』・『千歳の杖』・『夕映え』は林氏から借りた詩集のコピーにサインしていただいたものだ。コピー本ではない詩集『受胎告示』（大日本百科全書刊行会、昭和十八年）と『十薬』（皆美社、平成三年）は林氏と私の名前が書いてあるだけである。名前しか書いていない、その空白部分にも、林さんのそのおりの心の状況がうかがえるようで、それも懐かしいものがある。

いつであったか、林氏の家にうかがったおり、帰ろうとする私を誘って近所の家の桜の花を見せてくれたことがあった。桜の花が夜空にひときわ美しく咲いていたのだから、三月か四月初旬頃のことであったろう。そうしたことも、今は悲しい。

氏は、詩・評論を問わず、常に自己を作品の軸に置き、全精神力を傾注してロマンの香り高い文学作品を造り上げてきた。それは、氏の場合、人に送る書簡にもいえたと思う。

文学がなによりも好きな人であった。文学を心から愛していた人であった。また、あるとき、「この手紙を午前二時に書いている」と断って、川端康成の『小説の研究』を読み、「まことに切ない」と書いてきたこともあった。

三島由紀夫が『私の遍歴時代』の中で述べたように、林氏は文学が「夢の糧」であることを、誰よりも知っていた。そればかりではなく、文学が、そして文壇がいかに残酷なものであるかを誰よりも知っていた。それだけに優しい人であった。

以前、私は、〈かたりべ叢書〉という文庫サイズのシリーズで、氏の『偲ぶ草』と題するエッセイ集を編んだことがある。内容は全て故人を偲ぶ〈偲ぶ草〉であった。今は亡き人を思い出すよすがとして、氏はこれをまとめようとしたものであったろう。その後、勉誠出版から『林富士馬評論文学全集』という書を編む機会を得たが、そこに収録された諸作品から、林富士馬という一個の文学者の魂の燃焼と文学に対するひたむきな情熱がひしひしと伝わってくるのを感じたのを思い出す。

林氏と初めて言葉を交わしたのは、松本楼で開かれた中谷孝雄・浅野晃両氏の八十歳のお祝いの会であった。後に、氏と二人で諫早の伊東静雄の墓参をしたことも懐かしい思い出である。私は、林さんと二人だけで雑誌を作りたいと真剣に考えていたことがあった。しかし、氏が体調を崩されたりし、その気持ちをとうとう伝えることができないままに終わってしまった。そうしたこともやりきれない悔いとなって残っている。

二〇〇二年の春

志村有弘

著者紹介

志村有弘（しむら・くにひろ）

相模女子大学教授・二松学舎大学、同大学院講師。古典と近代文学の比較研究を専攻。主要著書に『芥川龍之介周辺の作家』（笠間書院）・『芥川龍之介の回想』（笠間書院）・『芥川龍之介伝説』（朝文社）・『近代作家と古典』（笠間書院）・『歴史小説と大衆文学』（宮本企画）・『中谷孝雄と古典』（宮本企画）・『九州文化百年史―文学と風土―』（財界九州社）・編纂『怪奇・伝奇時代小説選集』15巻（春陽堂）・『捕物時代小説選集』8巻（春陽堂）など。

林富士馬の文学

発行日　二〇〇二年三月二〇日
著　者　志村有弘
発行者　加曽利達孝
発行所　鼎　書　房
〒132-0031　東京都江戸川区松島二-一七-二
TEL・FAX　〇三-三六五四-一〇六四
印刷所　太平印刷社
製本所　エイワ

ISBN4-907846-13-4　C0095